AF390309

LE PALAIS DE GLACE

Nouvelle érotique

Écrit par
Léopold
von Sacher-Masoch

RETROUVEZ TOUS NOS GRANDS CLASSIQUES ÉROTIQUES

GRANDS
classiques
.com

sur www.grandsclassiques.com

Dans un boudoir, meublé d'un luxe extravagant et raffiné, se tenait une jeune femme aux yeux pers, étendue sur un divan recouvert d'une grande peau d'ours. Un bel homme, aux allures de grand seigneur, était adossé contre la cheminée hollandaise, et jouait avec tes cheveux blonds de la charmante femme.

La jeune femme était l'épouse de M. Wolinski, conseiller d'État, et l'adorateur du moment était le duc de Courlande, le tout-puissant favori de la czarine Anna.

— Duc, rendez-moi un petit service, dit la ravissante blonde.

— Tout ce que vous voudrez, Alexina.

— Eh bien ! il faut envoyer mon mari en Sibérie.

Le duc éclata de rire.

— Avec beaucoup de plaisir ! s'écria-t-il ; aussitôt que vous m'aurez fourni un prétexte plausible. Mais Il faut de la prudence. Nous autres Allemands, nous ne sommes déjà que trop haïs en Russie.

— Il paraît que Wolinski se doute de mon amour pour vous, continua la blonde Messaline ; il commence à m'incommoder.

— Un prétexte, ma chère, et vous serez délivrée de lui.

À partir de ce jour, la belle Allemande se mit à chercher le prétexte avec le zèle infatigable d'une chasseresse. Elle entoura son mari de tant d'embûches qu'il devint, en quelque sorte, son prisonnier et qu'elle n'avait plus qu'à le livrer au bourreau.

Soigneusement déguisée et voilée, elle arriva un soir chez le duc.

— Je le tiens, dit-elle à mi- voix.

— Qui donc ?

— Mon mari.

— Il est à la tête d'une conspiration dont le but est de mettre fin au gouvernement des Allemands, de vous renverser et de mettre sur le trône la grande-duchesse Élisabeth, qui ne dissimule guère ses antipathies russes.

— Diable ! Et les preuves ?

Mme Wolinski les lui fournit sur-le-champ, et le duc fut convaincu de la vérité de l'accusation. Il monta lui-même à cheval, se mit à la tête de deux régiments de la garde, et ne fut tranquille que lorsque tous les conjurés furent arrêtés et en son pouvoir.

En 1739, l'hiver avait anticipé de beaucoup son entrée ordinaire, et il fut, en Russie, d'une rigueur sans exemple depuis des siècles. Les oiseaux tombaient morts de l'air. Tous les matins, on trouvait des sentinelles gelées à leur poste. Personne n'osait quitter seul sa maison pendant la nuit. L'épaisseur extraordinaire de la glace inspira au duc de Courlande d'offrir au monde un spectacle inattendu et tout nouveau.

Il fit construire, sur la surface de la Néva, un palais de glace, qui rappelait les contes de l'Orient. On en commença la construction dans les premiers jours de novembre, sous la direction d'un chambellan, M. Falitscheff ; et, déjà, l'étrange édifice avait atteint une hauteur considérable lorsque, tout à coup, le fleuve congelé se mit à céder sous cet énorme fardeau.

Au mois de décembre, le duc ordonna de reconstruire le palais de glace sur la terre ferme, entre le fort de l'Amirauté et le palais d'Hiver d'aujourd'hui. Dans la seconde moitié de janvier 1740, il était presque terminé. On taillait les pierres de glace dans la Néwa, comme dans une carrière, puis on les transportait et on les appariait d'après les règles du métier. Seulement, au lieu de mortier, on se servait de l'eau du fleuve, qui gelait au fur et à mesure, et reliait solidement ces pierres de taille inusitées.

La longueur de ce palais était de cinquante deux pieds, la largeur de seize et la hauteur de vingt. Le toit, également de glace, pesait lourdement sur les murs.

C'était le soir du 21 janvier. Un magnifique traîneau, ayant la forme d'un cygne et attelé de trois chevaux noirs, s'approcha du fort de l'Amirauté.

Enveloppée de la tête aux pieds dans une pelisse de velours pourpre, garnie et doublée de zibeline, une casquette de Cosaque, de la même fourrure, sur ses cheveux poudres d'une éblouissante blancheur, Mme Wolinski était assise au milieu de ce traîneau, enfoncée, perdue dans plusieurs peaux d'ours.

Le cocher s'arrêta près du palais de glace. Alexina, se débarrassant prestement des peaux qui l'enveloppaient, sauta dans la neige avec légèreté et se dirigea vers l'entrée du monument fantastique, dont l'aspect étrange la ravit d'admiration.

Les embrasures des portes et des fenêtres étaient dessinées dans un style antique. Au-dessus de la porte principale s'étalait un magnifique frontispice couvert de sculptures exquises. Des deux côtés, bordant le toit, régnait une galerie dont les colonnes quadrangulaires des angles et les piliers avaient été taillés et tournés dans des blocs du même fluide condensé.

Une balustrade, toujours de glace, entourait le palais. De glace également étaient deux dauphins qui, placés à l'entrée, lançaient, par leur gueule, du naphte enflammé.

À côté des dauphins se dressaient, menaçantes, six pièces d'artillerie, dont les canons, les affûts et les roues avaient été tournés dans un banc de glace.

Tout à coup, Alexina aperçut son ami et s'empressa de le rejoindre. Le duc, chaussé de hautes bottes noires, vêtu d'un pantalon blanc, de cheval, et d'une courte pelisse de velours vert, s'inclina gracieusement devant Mme Wolinski, en ôtant son tricorne orné de plumes blanches.

— Quelle surprise ! dit-il en Allemand. Vous êtes la première qui me fassiez l'honneur de venir me voir et contempler cette merveille à peine achevée. Est-ce que vous ne voulez pas examiner l'intérieur ?

— Mais oui, certainement, répondit Mme Wolinski en prenant le bras du beau cavalier.

Ils entrèrent et traversèrent d'abord un petit vestibule. Des deux côtés, on voyait deux chambrettes parfaitement garnies. Il n'y manquait que le plafond ; mais il n'était pas nécessaire, et l'on n'en voyait que mieux la lumière bleue de la lune tamisée par le toit transparent et étincelant.

Le duc appela l'attention d'Alexina sur les croisées munies de vitres en plaques de glaces, aussi minces et transparentes que le plus beau verre. Des centaines de bougies brûlaient dans des lustres et des candélabres de glace placés devant des trumeaux gigantesques, qui remplissaient le vaste espace d'une clarté pareille à celle du jour. Tout l'ameublement, les tables, les pendules, les divans, les tabourets, les chaises, les armoires, le buffet avec son riche service de table, les verres, tout, enfin, était de la glace mise en œuvre, tournée, ciselée et peinte avec autant d'art et en d'aussi vives couleurs que de la porcelaine de Sèvres.

Mais, l'étonnement de Mme Wolinski fut au comble lorsqu'elle vit la cheminée où se trouvait du bois de glace qui, trempé dans du naphte, semblait brûler réellement. Elle crut rêver quand elle découvrit un lit fastueux, avec ciel, et dont les rideaux de glace, travaillés à jour, ressemblaient à des dentelles précieuses de Bruxelles.

En sortant de ce palais enchanté, le duc conduisit Alexina aux pyramides de glace : sur le faite de ces pyramides s'élevaient des lanternes éclairées à l'intérieur, peintes de figures grotesques et tournant d'elles-mêmes. Entre ces pyramides et le palais, on avait placé des caisses contenant des plantes exotiques, des orangers, des sapins avec des oiseaux dans les branches, le tout en glace. À la lueur de cette illumination féerique, tous ces objets étincelaient comme des diamants. À droite, Alexina aperçut un énorme éléphant blanc portant une personne sur son dos. Durant le jour, ce gigantesque animal faisait jaillir de l'eau de sa trompe. Durant la nuit, l'eau était remplacée par du naphte brûlant, comme pour les dauphins. À gauche, on avait construit une salle de bains, suivant la mode russe, et qu'en outre on pouvait chauffer. (Historique.)

Au moment où le duc se retirait, donnant toujours le bras à la jeune femme, un officier s'approcha de lui et fit au tout-puissant seigneur une communication que celui-ci accueillit avec une satisfaction évidente.

— Ma chère Alexina, dit-il, vous êtes venue juste à temps pour assister à un spectacle qui sera aussi unique dans son genre que l'est ce palais. Pour en terminer la décoration, j'ai encore besoin de quelques statues. Tous les essais que j'ai fait faire avec de la glace ayant échoué, j'ai eu l'heureuse idée de remplacer, en partie, la glace par des hommes vivants.

— Comment cela ? demanda Mme Wolinski d'un air naïf.

— C'est très simple, répondit le duc avec un sourire diabolique. On les forcera de prendre les attitudes indiquées par les artistes, et on leur versera sur tout le corps l'eau de la Néwa, jusqu'à ce qu'ils soient métamorphosés en statues de glace.

— Oh ! mais c'est horrible ! murmura Mme Wolinski. Ces malheureux seront morts avant leur transformation.

— Non, ma déesse. Les figures n'auraient pas cette pureté des lignes et cette rondeur et suavité des formes qui répondent aux lois de la beauté. On ne continuera à les couvrir d'eau qu'autant qu'ils seront encore vivants. Ceux qui succomberont au cours de l'opération ne seront pas utilisés, voilà tout !

— Je crois, dit Alexina, que mon sang se figerait dans mes veines si je voyais, par ce froid terrible et meurtrier, verser de l'eau glacée sur des hommes vivants.

— Oh ! pourquoi cela ? demanda le duc en souriant. Enveloppés comme nous le sommes de superbes et chaudes fourrures, nous pourrons, sans danger, jouir de ce curieux spectacle.

— Non, non, dit Alexina, en tendant la main au duc, je vous quitte.

— Même si je vous dis, riposta le duc avec un étrange sourire, que ce sont les conspirateurs que vous m'avez aidé à découvrir que je vais punir ainsi ? Même si j'ajoute que Wolinski, votre mari bien-aimé, va jouer le principal rôle dans cette petite fête ?

— Wolinski ! s'écria Alexina, dont les yeux bleus d'acier devinrent subitement étincelants, tandis que ses petites dents blanches se découvraient. Duc, vous êtes adorable ! et je voudrais vous embrasser.

— Alors, vous restez ?

— Vous me le demandez !

Sur un signe du duc, on fit avancer les victimes, tout grelottant de froid et d'angoisse mortelle en face du sort affreux qui les attendait.

— Je vous en supplie, duc, laissez-moi commander l'attitude que devra prendre Wolinski.

— Je vous l'abandonne.

Un geste du duc, et le malheureux fut amené en présence de sa femme.

— À genoux ! ordonna la superbe Messaline.

Et comme Wolinski n'obéissait pas, deux bourreaux le forcèrent brutalement de s'agenouiller.

Elle l'examina un moment avec une froideur insolente ; puis, s'adressant au duc :

— Il est bien ainsi, n'est-ce pas ? demanda-t-elle d'un ton moqueur.

Le duc s'inclina en signe d'assentiment.

Alors, on commença à verser des torrents d'eau glacée sur les malheureux condamnés. Tous se mirent à pousser des gémissements et à proférer des malédictions. Seul, Wolinski resta muet.

— Est-ce que tu m'adores toujours ? demanda Alexina à son mari. Es-tu encore jaloux ?

Il ne répondit pas ; mais, un faible gémissement lui ayant échappé, sa femme partit d'un éclat de rire.

— On les tue, dit à voix basse un des soldats de la garde à son camarade, parce qu'ils voulaient nous délivrer du gouvernement des étrangers ; mais patience, le jour de la vengeance viendra !

Enfin, l'œuvre cruelle était achevée.

Les statues de glace furent érigées devant le palais, et le tyran put les contempler avec satisfaction.

Le palais de glace était, maintenant, bien terminé.

Quelques jours plus tard, le prince Galitzin, qui s'était converti en France à la religion catholique, en fut puni par l'obligation de célébrer dans ce palais de glace ses noces avec une blanchisseuse. Les Allemands avaient saisi cette occasion d'humilier toute l'aristocratie russe.

Le soldat de la garde avait prophétisé juste. Le jour de la vengeance était arrivé. Dans la nuit du 5 décembre 1741, le régiment de la garde Préobrajenski donna le signal de la révolte. Après la mort de la souveraine allemande, on ne voulait plus voir sur le trône un Allemand, fils du duc de Brunswick. Bientôt, le régiment de Tobolsk suivit l'exemple de la garde. La grande-duchesse Élisabeth, fille de Pierre le Grand, et chef du parti russe, avec son fidèle partisan, le médecin français, M. Lestocq, se mirent à la tête des troupes, qui proclamèrent Élisabeth czarine.

Le duc de Courlande avait été renversé peu de temps après la mort de la czarine Anna, et conduit à Pelym.

À son tour, Alexina fut frappée d'une punition bien méritée. Elle reçut le knout, et fut envoyée en Sibérie, où elle mourut poitrinaire, après deux ans de pénitence, et peut-être, de repentir.

ISBN ebook : 9782512008163

ISBN papier : 9782512009368

Dépôt légal : D/2018/12603/108

Couverture : © Hélène Massart

Conception numérique : Primento, le partenaire numérique